Álvaro Magalhães

O ESTRANHÃO ②

ME ACORDEM QUANDO
ISSO ACABAR

Álvaro Magalhães

O ESTRANHÃO 2

ME ACORDEM QUANDO ISSO ACABAR

Ilustrações de Carlos J. Campos

GLOBOCLUBE

Ganhar a vida

Vocês conseguem dormir se tiverem uma pessoa ao lado, na cama, roncando?
E se, além disso, ouvirem uma goteira pingando em um balde a cada 30 segundos? Eu, não!
A pessoa ao meu lado é meu primo Miguel, que tem 6 anos. Meus tios viajaram para resolver um assunto qualquer e o deixaram com a gente por alguns dias.
Poderia ser pior. Ele é um garoto tranquilo, que passa o dia jogando PlayStation e no celular; mas é muito chato dividir a cama com alguém que parece ter engolido uma motosserra.

Já a goteira estava longe de parar. Precisávamos consertar aquela parte do telhado, mas não tinha dinheiro, nem para o orçamento mais barato.

Dinheiro. Dinheiro. Dinheiro. Para onde quer que eu olhasse, só ouvia falar de dinheiro (e, às vezes, bem alto). Talvez seja porque estamos em crise e não tem dinheiro.

Quando eu crescer, não quero ter muito dinheiro nem pouco dinheiro, o que é praticamente a mesma coisa. Quem não tem dinheiro, só pensa em dinheiro e quem tem muito dinheiro, também.

O segredo é ter só o suficiente para não precisar pensar nele.

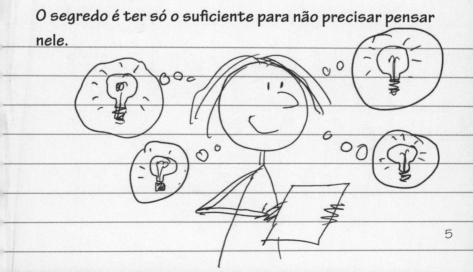

Como não era o meu caso, tive que parar para pensar nisso e em ganhar a vida, como dizem os adultos. Ninguém ache que é só chegar aqui e viver. Estar vivo não é de graça, mesmo que não se cobre inscrição na chegada. É como aquelas festas que não cobram para entrar, mas o consumo custa uma fortuna.

Respirar ainda é de graça (mas se for ar-condicionado, já custa). Todo o resto se paga, e caro: roupas, comida, água, eletricidade, internet, transporte, lazer.

São poucas as coisas que não se pagam, como olhar o pôr do sol, brincar, passear, a amizade, o amor, e são as melhores coisas; mas, como são de graça, as pessoas não dão valor.

A propósito, também nunca entendi por que se diz "ganhar a vida". Ganha-se dinheiro, sim, mas perde-se a vida. Quando saem do trabalho, as pessoas correm para viver, mas têm pouco tempo para isso, e já estão cansadas e irritadas com o dono da empresa, o chefe e os colegas chatos.

Na verdade, ganhar a vida parece ser o jeito mais fácil e metódico de perdê-la. Mas, como eu teria que ganhá-la mais cedo ou mais tarde, adiantei a coisa, por algum tempo. E fiz da única maneira que sabia: inventando coisas.

O quê? Uma tirinha de humor. Muitos jornais e revistas publicam uma.

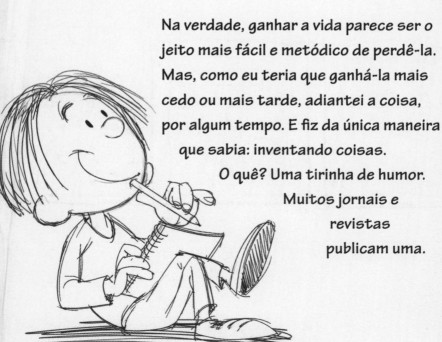

Olhem só... Me inspirei na minha própria vida e criei um garoto muito parecido comigo, o Ted, com uma vida e uma família também parecidas com as minhas.
Na verdade, ele sou eu, mas incógnito, disfarçado. Entenderam?

Enviei as tirinhas para jornais e algumas revistas e fiquei esperando as respostas. Depois de uma semana, só tinha recebido uma, que dizia assim:

Caro Frederico,

Adoramos seus desenhos, mas não podemos publicar material de menores de idade. Te esperamos quando você fizer 18 anos. Nessa altura, pergunte por mim, João Meireles. Talvez eu ainda esteja vivo.

Pois é. Estava claro que ganhar a vida não era para garotos. Então, inventei uma nova data de nascimento e passei a ter 35 anos, formação em design gráfico, um currículo incrível. Ou seja, deixei de ser um garoto que escrevia e desenhava como se fosse adulto, para ser um adulto que escrevia e desenhava como se fosse um garoto. Era o que eles queriam, pelo que me pareceu. E mandei tudo para as revistas que faltavam.

Dois dias depois, recebi a resposta mais esperada (não falei?):

Caro Senhor,

Analisamos sua proposta, que apreciamos, e propomos a publicação de uma tirinha em nossa edição quinzenal.

Anexamos a ficha de colaborador para ser preenchida e solicitamos o envio dos dados bancários e fiscais para a elaboração do contrato--padrão.

Viram só? Por um lado, deu certo, por outro, não deu, porque eu não tinha dados fiscais nem bancários. E aí, não tinha como inventar.

Logo me veio uma ideia para outra tirinha.

Ainda liguei para a Associação dos Jovens Empresários, na esperança de receber alguma ajuda, mas só aceitavam sócios maiores de 18 anos. E como ainda não tinha sido criada a Associação dos Empresários Mais Jovens Ainda, fiquei por isso mesmo. Estava claro que ganhar a vida como cartunista não era uma opção viável para mim.

Então pensei em um negócio que pudesse ser gerido de casa, algo que não exigisse muita burocracia nem um grande investimento.

Custou-me admitir que um garoto de 6 anos tivesse ideias de negócios mais rápido que eu, mas enfim. A verdade é que meu primo tinha razão: sempre tem gente procurando por isso ou aquilo a um preço baixo.

Passei à segunda fase: encontrar um nome para a empresa. Tudo começa com um nome, certo? "Segunda Vida", achei por fim. Coisas usadas procurando uma segunda chance.

Custou-me aprender sobre marketing com um garoto de 6 anos, mas ele estava certo. E essa já era a segunda lição. De qualquer forma, prefiro aprender com quem não sabe do que com quem acha que sabe tudo.

Assim nasceu a Second Life. Criei o site e fiz as artes gráficas. E o que eu tinha para vender? Livros, filmes, jogos, roupas, bolsas e sapatos da minha irmã e da minha mãe; e algumas coisas do meu pai, embora em menor quantidade. O porão também estava cheio de coisas velhas do meu avô, e muita gente adora essas velharias. Aos poucos, lá juntei um estoque de 23 itens, fotografei tudo (uma boa foto faz milagres) e coloquei no site.

Depois, entrou em ação o serviço de marketing para divulgar o negócio.

Você tem que usar um remix...

Acreditei nele na hora, porque, além de ser bom para dar nomes a empresas, ele é um pequeno gênio da informática que já resolveu vários dos meus problemas. Mas resolve os dele ainda melhor. Ouçam isto: eu nunca entendi como ele fazia os deveres de casa tão rápido quando estava aqui. Seria um gênio, esse garoto?

Um dia, quando estava mais animado, ele me contou o segredo: tinha um aplicativo que fazia os deveres para ele. Não acreditei, mas ele me mostrou e, então, passei a acreditar.

Estes garotos mais novos aprendem a usar aplicativos mais rápido do que aprendem a ler. E tem aplicativo para tudo, ou quase tudo. Antes, havia alunos aplicados, agora existem aplicativos; e eles se dedicam a aplicá-los.

Para que estudar horas a fio para aprender só um pouquinho – porque nunca se aprende muito – quando você tem um celular que sabe tudo o que existe? E ainda pode ligar para a namorada depois.

Quanto mais novo se é, mais a tecnologia é amiga e mais se sabe.

O meu primo me ensina,

eu ensino a minha irmã,

que ensina o meu pai,

que ensina o pai dele.

Sabe de uma coisa? Qualquer dia desses vão nascer bebês tecnológicos!

E assim nasceu a minha primeira empresa. Admiti o Miguel como assessor de TI, com salário semanal pago em figurinhas da Copa do Mundo e chocolates.
Aqui em casa, ninguém botava fé naquilo, mas quando as pessoas começaram a chegar, os telefonemas e os e-mails também, todos passaram a botar.

E os produtos saíam pela porta um atrás do outro. Parecia que alguns até relutavam em ir embora e nos olhavam, aflitos, sem entender.

"Lá se foi a minha blusa, minha pulseira, minha caneta", diziam aqui em casa. Agora sou eu quem diz: as pessoas acham que possuem as coisas, mas é o contrário. Nós morremos, e elas ficam. Ou seja, somos apenas os responsáveis por elas durante um tempo.

Como um anel ou um relógio, por exemplo, poderia ir jogar bola, ir à ópera ou viajar para o outro lado do mundo, onde até o horário é diferente?
Não sabemos, mas suspeito que as coisas tenham suas próprias vidas e conversam entre si, assim como nós falamos delas.

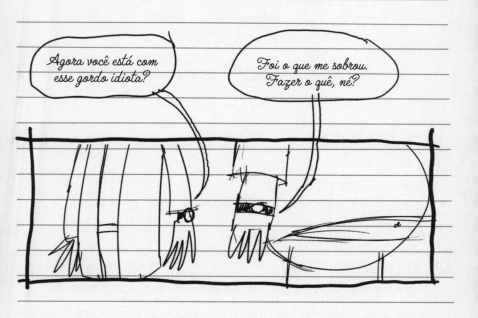

Estava refletindo sobre essas coisas quando minha mãe apareceu. Havia uma pessoa na porta para buscar o relógio antigo e outra, ao telefone, perguntando se fazíamos um desconto na bolsa verde.
Estava claro que não podia ficar inventando histórias. Tinha chegado a hora de trabalhar.

Mais tarde, naquela noite, tive que reunir minha equipe (afinal, estamos falando de uma empresa, então sou obrigado a usar essas palavras) na sala de jantar e criar e organizar tudo. Minha irmã ficou responsável por atender à porta e ao telefone, e meu pai pelo departamento de correios e contabilidade. E a minha mãe? Ela fazia o papel de mãe de todos nós, enquanto nós cuidávamos do resto.

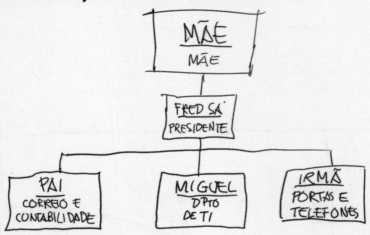

Por fim, eles começaram a se oferecer para vender algumas coisas que nem pensavam em se desfazer. Foi assim que fizemos uma pequena fortuna em pouco mais de duas semanas.

À noite, quando contávamos o dinheiro, víamos, sorrindo, os montes de notas. O dinheiro é sedutor como o diabo. Promete tudo o que só ele pode comprar, mas depois nos captura e faz de nós seus escravos. Os homens inventaram o dinheiro para ser útil, mas o valorizaram tanto que acabaram dominados por ele.

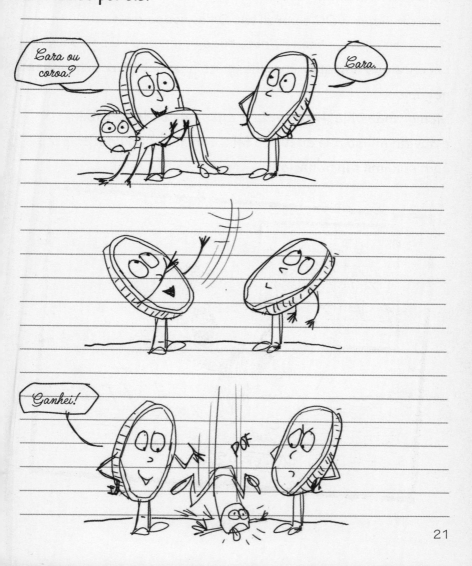

E a empresa? O negócio acabou quando as coisas para vender se esgotaram. Fizemos uma reunião de diretoria e chegamos à conclusão de que seria preciso expandir o negócio para o restante da família e cobrar uma comissão sobre as vendas. Eu disse não. Se eu fizesse isso, a Second Life iria de uma empresa com cinco funcionários para uma com 50, depois para uma com 500 e por aí vai. Se eu fosse o jovem Bill Gates ou o jovem Steve Jobs, tudo bem; mas eu sou o Fred, um cara que não quer complicações financeiras nem grandes negócios.

Meu grande objetivo na vida é, antes de tudo, ser feliz, e duvido muito que eu fosse feliz comandando uma empresa com seis mil funcionários.

Passei a empresa para a minha irmã, que iria destruí-la em pouco tempo.

Mas o problema da goteira no quarto estava resolvido. Ah, e meu primo voltou para casa.

Viram só? Eu podia voltar à minha antiga vida, aproveitar o quarto e a cama só para mim. Era um pensamento maravilhoso, mas minha mãe apareceu e acabou com ele. Mães são assim mesmo.

Também temos que reformar a garagem. Veja se pensa em algum outro negócio.

– Tenho mais o que fazer – protestei de imediato. – Minha cabeça não nasceu para isso. Pelo menos, por enquanto. Não sei se você notou, mas eu sou uma criança. Nem sequer tenho CPF.

Essa não era a razão principal, vocês sabem. Mas aqui, só entre nós, posso contar a verdade, baixinho, quase em um sussurro. Cheguem mais perto...

Viagem de estudo

Futebol. Melhor ainda: um Clássico dos Milhões pelo campeonato. Não tem como escapar disso. Você acorda de manhã e já sente no ar, e só resta esperar que chegue a hora de ir para o estádio.

Costumo ir com meu pai, que me inscreveu como sócio-torcedor do Vasco no dia em que nasci (ele foi para a maternidade só depois disso), mas confesso que não sou do tipo que chora ou deixa de comer ou dormir quando o Vasco perde. Vou ao estádio mais como um observador, quase como um cientista partindo em uma expedição para estudar uma civilização antiga.

E não é muito diferente. O torcedor de futebol é um pessoal primitivo que troca a vida civilizada, embora constrangedora, por outra, mais primitiva, livre e espontânea. Muito melhor, portanto.

Homens educados, sensíveis, tranquilos e civilizados, na hora do jogo, trocam a vida ordinária, normal, por uma outra, extraordinária, onde se transformam em brutos, capazes de esganar o cara ao lado se ele tiver uma opinião diferente:

São os novos selvagens. Doutores, operários, príncipes, pedreiros e ministros, todos se tornam iguais assim que vestem a camisa de seu clube do coração e saem de casa.

Até eu, nesses dias, me transformo no prof. Fred Sá, antropólogo famoso, em uma viagem de estudo quando ainda era jovem. Desde que ele ouviu a notícia de que a final da Copa do Mundo foi assistida por mais de metade da população mundial, se interessou pelo fenômeno.

Primeiro, o futuro prof. Fred Sá pensou que se esses bilhões de pessoas resolvessem ir ao banheiro no intervalo, ao mesmo tempo, o mundo talvez não estivesse preparado para isso. Poderia ser um desastre.

Depois, pensou que se extraterrestres estivessem observando a Terra (e deviam estar...), com certeza pensariam que não havia nada mais importante acontecendo do que aquilo dentro do estádio.

Aquela bola nunca mais foi vista. Ainda bem que não faltavam bolas, ou o jogo teria acabado.

Como disse, costumo fazer essas viagens de estudo com meu pai, mas desta vez tínhamos companhia. Era o primeiro jogo em que o meu primo Carlos foi trabalhar como gandula no estádio. "E logo num Vasco x Flamengo", repetiu o pai dele a semana toda, como se isso fosse importante ao pegar bolas que saem do campo.

Quando o meu tio Vicente chegou em casa, com meu primo, duas horas antes do jogo, percebi que ele ainda tinha um olho roxo, lembrança de sua estreia como bandeirinha na Série C do Estadual, algo que eu nem sabia que existia.

Fui assistir à estreia dele com meu pai, num campo de terra batida nos arredores de uma cidade sem nome. Meu pai disse que era um evento familiar, como um batizado ou comunhão. Mas não. Primeiro, era ao ar livre e estava chovendo. E ver o tio Vicente, de calção, com uma bandeira na mão, equilibrando-se em cima de uma linha branca, não era um espetáculo agradável.

Só pensava: que tipo de homem sai do conforto de sua casa num sábado chuvoso para andar de calção, percorrendo uma linha branca de cal, indo e voltando, por uma hora e meia, com uma bandeirinha na mão, sempre ouvindo insultos e desviando de objetos que jogam da arquibancada?
Era completamente absurdo.

Aos 18 minutos, já tinha contado 73 insultos direcionados a ele e à sua família. As pedras voavam naquela direção, parecia uma chuva de meteoros. Nos grandes estádios, os torcedores só podem arremessar isqueiros e celulares, ali, tinham pedras de todos os tamanhos. Eu juraria que a compra do ingresso dava direito a duas pedras, das melhores.

Aos 22 minutos, uma pedra atingiu o ombro e o olho do tio Vicente. Ele teve sorte, era das pedras mais baratas, aquelas que machucam menos.

O jogo foi interrompido e o tio Vicente foi atendido no vestiário. Ele até pensou em voltar com um curativo no olho, mas teve medo que dissessem que ele só enxergava de um lado, e foi substituído por outro, recrutado da arquibancada. Para o que ele fazia, qualquer um servia.

Foi assim que viemos embora mais cedo. A chuva só aumentava.

– Sim, sim – concordei, pensando que, se era assim que se começava, não demoraria a terminar.
Pior: naquela noite, quebraram a vitrine do açougue dele (ele tem um açougue) e escreveram na parede ao lado:

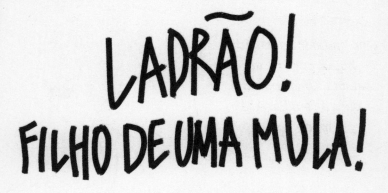

33

Meu primo apagou essa parte com tinta branca, achando ofensivo à avó. Ficou só "LADRÃO!", porque a tinta acabou.

Estava pensando nisso, olhando para o tio Vicente, quando minha mãe chegou, voltando do supermercado.
– Vão levar os meninos para o jogo? Não é perigoso? – perguntou, sentando e jogando a bolsa no sofá. Ela estava exausta, como sempre.

Que nada! Ir ao estádio hoje é como ir ao cinema. Um programa para a família. Até pipoca tem.

Era mais como ir para a guerra ou uma expedição à selva, mas enfim.
Estava na hora de sair, mas meu pai ainda não tinha achado sua camisa da sorte. Não aparecia em lugar nenhum.
– Estava tão surrada, quem sabe... – disse a minha mãe.
Ele perdeu a cabeça:
– Você jogou fora a minha camisa da sorte? Assinada pelo Juninho e pelo Edmundo?

Está para lavar, pronto.

Lavar?
Os autógrafos vão sair! Lá se vai a sorte...

Às vezes, o meu pai desliga a TV quando tem pênalti ou falta perigosa, para dar sorte.

Ele acha que as coisas podem mudar se ele não estiver assistindo. Mas não é só ele, todo torcedor acredita que o resultado do jogo depende dele e de um gesto ou de uma camisa. Eles realmente acham que têm poderes. Estranho, né?

A camisa não apareceu e o tio Vicente obrigou meu pai a ir sem ela, que já estava quase na hora. Fomos a pé, no meio da euforia e das brincadeiras dos dois adultos.
O prof. Fred Sá, apesar de ainda ser jovem, já tinha notado que a transformação dos adultos em torcedores passa pela infantilização.

Quando vêm em grupo, brincam, falam bobagens e palavrões, riem de tudo, como faziam quando jovens, sem a cabeça cheia de preocupações.
Meu ingresso dizia "Menor", mas eu era o mais maduro ali.

Os adultos pareciam crianças que fugiram de casa — e eram exatamente isso. O futebol é uma máquina do tempo, que os leva de volta à juventude.

As pessoas fluíam para o estádio, formando um grande rio, e nós fazíamos parte desse rio. Na entrada do estádio, nos separamos do meu primo, que foi se trocar para ser gandula. Já nós, fomos revistados da cabeça aos pés, como se fôssemos terroristas, e alguns dos que estavam ao meu lado até pareciam.

Lá dentro, fiquei no banco ao lado do tio Vicente, e paguei um preço alto por isso. Ele é daqueles que, ao falar, dá cutucões e cotoveladas em quem está ouvindo, para garantir que a pessoa preste atenção. "Viu aquele chute?" e paf, uma cotovelada.

"Foi falta. Viu?" – e paf, outra cotovelada.

Ele não conversa; ele fala e bate em você ao mesmo tempo. Talvez ache que assim a pessoa ouve melhor. Comecei a imaginar que ele poderia derrubar qualquer ouvinte sem querer.

O Vasco fez um gol aos 15 minutos do segundo tempo e o estádio explodiu. Cinquenta mil pessoas pulando, gritando e se abraçando.

O prof. Fred Sá, ainda jovem, escreveu em seu caderno de anotações:

"*Somente no futebol os homens se acariciam e se abraçam ternamente. Mesmo os mais durões se tornam emotivos, frágeis, sentimentais e se acariciam, se confortam ou se abraçam. Mesmo que não se conheçam. Se são do mesmo time, são mais do que família.*

E os jogadores? Choram abraçados, se beijam, tudo. Não importa, estão no estádio, jogando futebol. Ou seja, na outra vida, aquela, a extraordinária."

Meu tio ficou empolgado e passou a dar mais cotoveladas. Olha só! E paf. Era fala-cotovelada-fala-cotovelada.

Mas ele continuou, porque era assim que sabia falar. Quando ele se calava, era o paraíso. Meu braço já estava dolorido, e eu queria mudar de lugar, mas não podia.

Perto do final, o meu primo foi pegar uma bola e levou uma bolada. Ele estava ali para pegar a bola, mas, às vezes, é a bola que pega você.
Ele foi para a enfermaria e ligou pouco depois, dizendo que estava bem, só tinha um hematoma.

Como uma má notícia nunca vem sozinha, o Flamengo empatou logo em seguida. Um silêncio sepulcral tomou conta da torcida. Num instante, meu pai, meu tio e a maioria das 50 mil pessoas ali passaram do êxtase à agonia. Você tinha que ver. Dava pena deles. Parecia que, para eles, tinha acabado tudo – e tinha mesmo.

O jogo acabou logo depois. O Vasco precisava vencer para chegar ao primeiro lugar, mas empatou. Meu pai logo disse que foi por causa da camisa da sorte. Coitada da minha mãe, ia ser acusada até confessar que era a culpada.

No final, esperamos meu primo, que apareceu com um curativo no olho. Tal pai, tal filho. A fruta não cai longe do pé.

Voltamos pra casa, em silêncio, decepcionados e cansados do jogo e da vida.
O futebol leva os torcedores de volta no tempo, mas também os traz de volta para suas vidas normais. Enquanto caminhávamos, seus passos os levavam para suas rotinas.

A transformação do meu pai começou enquanto cruzávamos a pracinha.

Ao chegar em casa, meu pai jogou a camisa no cabide. O processo de transformação estava completo. Ele e os outros 49.999 torcedores só precisariam esperar o próximo jogo para se transformarem novamente em quem realmente são.
E até o prof. Fred Sá, quando ainda era jovem, voltou a ser apenas um garoto, devorando o resto da mousse de chocolate, antes que sua irmã aparecesse por ali.

Ah, e os tais extraterrestres que observaram tudo também voltaram para casa, em algum canto da galáxia.

Talvez seja assim que o futebol tenha se espalhado por todas as galáxias. Preparem-se, porque o Grande Campeonato Intergalático pode estar mais perto do que se imagina.

45

Atividade paranormal

Meus pais foram passar o fim de semana fora, e eu fiquei em casa com a minha irmã. Não era muito tempo para fazermos todas aquelas coisas incríveis que só fazemos quando nossos pais estão fora de casa. E até a primeira noite correu bem, porque estávamos tão cansados de fazer essas coisas que dormimos como anjinhos.

Já na segunda noite, as coisas foram diferentes. Aconteceram aquelas coisas que só acontecem quando menos esperamos.
No meio da madrugada, minha irmã entrou no meu quarto e me acordou. Ela estava com medo porque ouvia barulhos estranhos na casa.
– Vou ficar aqui – disse ela ao subir na minha cama.
Não me importei, porque também fiquei com medo.

– Não está ouvindo? – perguntou ela. – Passos leves, portas rangendo. Duas casas na nossa rua foram assaltadas essa semana.
Eu não ouvia nada demais, mas...

– Hoje apareceu um homem aqui vendendo sei lá o quê... – continuou ela. – Sabe de uma coisa? Ele tinha cara de ladrão.
– Ladrões não têm cara de ladrão – expliquei.
– Ah, é? E que cara eles têm, então?
– Têm cara de pessoas normais, ou via-se logo que eram ladrões.
– Tá, mas hoje também veio um homem "normal" aqui. Você acha que ele era um ladrão?
– Para com isso – pedi. – Nem todas as pessoas com cara de gente normal são ladrões. Só algumas.

Ficamos em silêncio, tentando ouvir alguma coisa, mas nada aconteceu por um tempo.

Aquilo era absurdo. Levantei da cama e mostrei os "sistemas de detecção de intrusos" que eu havia montado.
— Tá vendo aquele sininho em cima da cômoda? Está ligado a um fio de pesca. Se alguém entrar pela porta da frente, o sininho vai tocar.

– E se entrarem pela garagem?
– Vão ficar presos no escuro. Não vão conseguir entrar na casa nem sair para a rua. É uma invenção minha, mas não conta para o pai, porque ele não gosta que eu mexa no sistema elétrico...

Claro. Você já causou três incêndios. Quer dizer que estamos livres dos ladrões, mas não de curtos-circuitos e incêndios. Tudo bem.

Ficamos os dois deitados, olhando para o teto, esperando não sei o quê. Nem havia barulho, nem deixava de haver. Ou seja, tanto podia ter ladrões quanto não ter.

Foi então que ouvimos um som estranho vindo da cozinha: crac. Sim, era crac, crac, crac.

crac crac crac crac crac crac cra

– Ladrões fazem crac? – perguntou minha irmã.
– Acho que não – respondi. – Parece alguém quebrando nozes. O barulho é esse. Crac.

– E quem pode estar quebrando nozes na nossa cozinha?
– O vovô? – sugeri, hesitante.
– Tá maluco? O vovô morreu faz meses...
– O fantasma dele, quero dizer. Não sabe que ele fez a maior torta de nozes do mundo? Ele e mais algumas pessoas?

Minha irmã se sentou na cama:
– E daí? – perguntou.
– E daí que parece que estão fazendo, ou já fizeram, uma torta ainda maior.
– Você acha que ele voltou para bater o recorde? Você é muito estranhão!
– Não se surpreenda, maninha. Quando se dá muita importância a essas coisas, nem depois de morto se descansa.

Esqueci de contar: meu avô era confeiteiro, e o dia mais importante da vida dele foi quando, junto com outras pessoas, fez a maior torta de nozes do mundo, com mais de sete metros, e entrou para o livro dos recordes do Guinness.

Aqui entre nós, sempre achei esse feito ridículo, apesar de gostar muito do meu avô. Por que as pessoas querem fazer a maior coisa do mundo, seja o que for? Só para poderem se gabar depois.

O que me irrita no Guinness é que só se importam com quantidade: a maior torta, quem fez mais vezes isso ou aquilo, e quase sempre coisas bobas, como comer 60 hambúrgueres seguidos.

E a qualidade? A melhor torta de nozes do mundo com certeza é melhor que a maior. Então, por que se orgulhar de fazer algo grande?
De qualquer forma, o crac continuava, no mesmo ritmo de quem está quebrando nozes para fazer uma torta gigante.

O fantasma do vovô quebrando nozes na cozinha não era exatamente assustador. Mas incomodava bastante. Ficávamos sempre esperando para ver quando aquilo ia acabar.

– Já foram 86 nozes – disse minha irmã, em certo momento.
– Você está contando?
– Tem mais o que fazer? Se ao menos eu conseguisse dormir...
Ninguém consegue dormir contando nozes, mas ela quase conseguiu. Eu tive que sacudi-la, porque não queria ficar acordado sozinho.

– Lembra do velório do vovô? – perguntei.
– Não fala nisso, senão fica ainda pior – disse ela.

Fiquei quieto, com os olhos grudados no teto, pensando naquilo. Foi assim: durante o velório do vovô, antes do enterro, um celular tocou bem alto, e não era de ninguém. Tocava, tocava, e ninguém atendia ou desligava. De quem era, então? Era do morto.

Meu pai tirou o celular do bolso do casaco do vovô e atendeu, com todo mundo ouvindo.
— Será que dá para ligar mais tarde? — disse ele, antes de desligar. E depois explicou:

Era da operadora, oferecendo uma promoção.

Mas os olhares das pessoas pediam mais explicações, então ele completou: o vovô pediu para levar o celular no bolso, porque tinha medo de ser enterrado vivo, e, se acordasse, poderia ligar para alguém.

Todo mundo entendeu, porque a vontade de quem morre, por mais absurda que seja, a gente cumpre.

– Ou talvez não tinha sinal. Além disso, se ele não tivesse morrido, não seria agora um espírito, um fantasma, uma alma.

– O que não existe é o que dá mais medo – explicou ela. – Você acha que só temos medo do que existe? Temos medo de tudo!

De qualquer forma, o crac continuava, no mesmo ritmo. Não resistimos e fomos juntos, agarrados, com uma vela na mão, até a cozinha. Abrimos a porta e, quando acendemos a luz, a lâmpada estourou e a luz da casa inteira apagou.

Foi então que eu achei que vi o vovô no meio do clarão.

– Eu só vi um clarão – disse minha irmã. – Não se faça de garoto que vê gente morta, como nos filmes. Já viu algum?
– Já. Agora. Você não sabe, mas as almas, os espíritos, são coisas elétricas, energia pura.
Ela não entendeu nada e gritou:

Minha irmã foi até o quadro de luz e religou tudo.
Só a luz da cozinha não acendeu, mas já não se ouvia mais o crac. Apontamos uma lanterna e descobrimos o mistério. No chão estava uma antiga invenção minha, que tinha sido deixada de lado no porão: o caçador elétrico de ratos. Minha mãe o pegou e deixou na cozinha. E não é que funcionou? Sim, ele pegou um rato pequenino, aquele de que ela tanto reclamava. Só que o pistão do caçador elétrico encravou e fazia aquele crac de vez em quando.

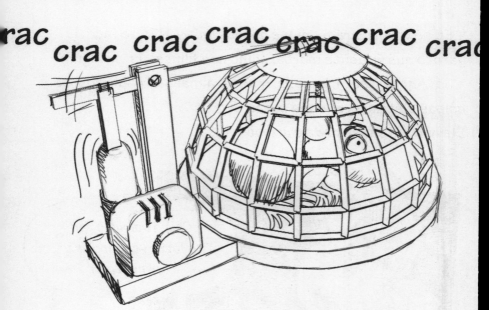

Ou seja, uma noite de atividade paranormal gerou só um ratinho. Deixamos ele lá e voltamos para nossos quartos, cada um no seu, porque não havia mais ladrões nem fantasmas.

Foi um alívio. Mas, no meu quarto, sozinho, eu não parava de pensar no vovô sorrindo no meio do clarão.
Só me vinha à cabeça que ele poderia ter acordado no caixão, sem sinal ou bateria no celular.

Foi então que o telefone fixo tocou. Quem poderia ser, a essa hora?
Minha irmã apareceu de novo.
– Eu não vou atender. Estou com medo – disse ela. – É um número desconhecido.
Meu queixo começou a tremer e meus dentes batiam uns nos outros, como se tivessem vida própria.

– Você acha que pode ser o vovô? – murmurei.
– Que nada! Atende! São os ladrões, ligando para saber se tem gente em casa. Assim, eles descobrem e já não vêm.

Peguei o telefone e disse, com a voz sumindo:

Do outro lado, soou uma voz grossa, de homem.

A voz não parecia a do meu avô, quem mais poderia ser? Ele tinha acordado no caixão, no escuro. Esse foi o primeiro pensamento que passou pela minha cabeça. E o segundo também. Engoli em seco, incapaz de responder.

– Quem é? – perguntou minha irmã.
E eu nada.
– Fred! Você está ouvindo? – voltou a voz, e só então reconheci a voz do meu pai.

Pai? É você, pai?

Quem mais seria? Estamos na garagem, eu e sua mãe. Voltamos mais cedo, o tempo estava ruim, e ficamos presos aqui. Só espero que isso não tenha sido por causa de uma das suas invenções...

– Por acaso... – disse eu. – É um imobilizador de intrusos. Funcionou, viu? Precisamos nos proteger, estamos aqui abandonados. E você nem imagina o que aconteceu.

– Tudo bem, vem logo desligar isso, antes que eu perca a paciência...
– OK, mas não encosta na maçaneta da porta que dá para a...

– Eu avisei, pai. Dá um choque elétrico.
– Já sei. Mas obrigado por avisar.
Também foi um choque a reação do meu pai, que já tinha voltado aborrecido do fim de semana, mas minha mãe se interpôs e foi a minha salvação.

Quando ele, finalmente, se calou, ela me abraçou e sentou-se ao meu lado, no sofá da sala.
– Tudo certo por aqui? – perguntou.
– Tudo normal, nada de anormal – respondi. – E de paranormal, também não. Foi mais uma coisa assim... fora do normal. E só morreu um ratinho.
– Só? – disse a mãe, entre dois suspiros profundos. – Foi uma grande proeza.

A verdade é uma bomba

Já ouviram falar do "Dia da Mentira", em primeiro de abril? Bobagem! Pelo que tenho visto, todos os dias são dias da mentira, da manhã à noite. O que a gente deveria celebrar, pelo menos uma vez por ano, seria o "Dia da Verdade". Ia ser bonito... O mundo acabaria nesse dia, podem acreditar.

Pra começar, vamos a uma pergunta: quando as pessoas mentem?

É verdade: as pessoas só não mentem quando estão caladas. E quanto mais falam, mais mentem, porque logo esgotam o estoque de verdades.
Esse não é o meu caso. Sei que sou exagerado, mas é só para me explicar melhor. Exagerar não é mentir, mas fazer um esforço (exagerado, claro) para chegar à verdade.
Já que estamos aqui, vou explicar melhor. Quando eu disse que fui perseguido por um cachorro assim, desse tamanho, ou que o garoto que me bateu na escola tinha 1,60m, eu exagerei, porque o garoto era do meu tamanho e o cachorro era pequeno, embora ambos fossem bem ferozes.

Mas eu não menti, porque esse era o tamanho do meu medo. Se a verdade só tem 30 ou 40cm, por que não aumentar um pouco?

Às vezes eu invento umas mentirinhas inofensivas, como quando disse pro Alex que atravessei um rio nadando ou quando falei pra Sofia que salvei um gato preso no alto de uma árvore.
Não eram mentiras, eram verdades que, por isso ou por aquilo, não chegaram a acontecer. A verdade é quase sempre sem graça, e a gente tem que dar um toque especial nela. Não dá pra deixar que ela estrague uma boa história.
Quando a verdade é desagradável, eu logo imagino uma versão melhor. Não é verdade? Claro que não, é a verdade da imaginação.

Nunca menti, não sou mentiroso. Mas, outro dia, contei uma Grande Mentira (assim mesmo, com letra maiúscula). Testando uma invenção, provoquei um incêndio na cozinha que não alastrou, mas acabou com a instalação elétrica, que já estava nas últimas. Escondi tudo e disse que aconteceu quando liguei a torradeira. Por acaso, ela estava queimada do incêndio, então serviu de prova. Não convém contar uma boa mentira sem ter pelo menos uma prova convincente.

Consegui enganar meus pais, mas fiquei tão aflito que fiz uma promessa: todos os anos, no dia 13 de junho, não vou contar uma única mentira, só verdades.
Adivinha que dia é hoje?

Tentei ficar em casa pra não ter problemas, mas era dia de prova (e também de faxina em casa), então tive que encarar o dia, mesmo que decidido a falar o mínimo possível pra não causar confusão. Ser honesto, dizer a verdade, tem só uma vantagem: quase ninguém faz isso; o resto é uma lista interminável de desvantagens. Agora eu sei.

Ainda em casa, tive que confessar que quebrei o vaso no quintal e o cinzeiro de porcelana que ficava no hall de entrada, na semana passada. Pior: crimes que já estavam "prescritos" voltaram à tona.

Saí rápido de casa, sem falar mais nada, porque sabia que qualquer coisa que eu dissesse ia se voltar contra mim. Esses "Dias da Verdade" são assim, com tendência a piorar. No ônibus, uma mulher metida, que estava me esmagando contra a janela, perguntou se estava me incomodando, e eu disse a verdade: que sim. Pois bem, ela ficou brava.

– Que garoto esquisito – disse ela, indo pro outro lado. As pessoas ao redor olharam pra ver o tal garoto esquisito, quando na verdade ela é que era a superesquisita, que devia estar num ônibus pra esquisitos.

Na escola, no segundo intervalo, quando a fome bate, o Rafael perguntou se eu tinha trazido lanche. Costumo dizer que não, pra comer sozinho, mas era o "Dia da Verdade"... Lá se foi mais da metade do meu sanduíche, que ele ainda cortou e ficou com a parte mais recheada. A essa altura, os prejuízos de dizer a verdade já eram muitos, mas ainda faltava o pior.

Na aula de Português, a professora pediu pra falarmos sobre a escola e nossa experiência durante o ano. O Mário disse umas bobagens comuns, o Xavier e a Marta também. Eu fui o quarto. Já estava preparando umas bobagens na minha cabeça, quando a professora insistiu:

Foi aí que a Verdade (assim, também com letra maiúscula), saiu da minha boca sem que eu percebesse. É isso que dá mentir sempre. Tem tantas verdades presas dentro da gente, amontoadas, apertadas, que não veem a hora de escapar. E vocês nem queiram saber o que ela, a Verdade, disse sobre a escola. Eu só fui o porta-voz.

Acabei levando uma advertência, dizendo que eu tinha me comportado de maneira imprópria, causado distúrbios na sala, e por aí vai.

Minha mãe teve que assinar e, claro, reclamou.
– O que foi que você disse, menino?
– A verdade – respondi.
– Ah, a verdade! Nem sempre se diz a verdade, a menos que você queira começar uma guerra com o mundo inteiro...
Ela deu umas voltas na sala, se acalmou, sentou ao meu lado no sofá e continuou:
– Não é bom mentir, mas existem mentiras que são melhores que a verdade. Mentiras piedosas, convenientes, necessárias, que evitam problemas. As pessoas não gostam da verdade, preferem as mentiras, que quase sempre são melhores.

Era lição, e eu fiquei ouvindo. Ela ia continuar, mas eu interrompi.
– Já entendi. Quando a mentira é melhor que a verdade, a gente conta a mentira. Tá me ensinando a mentir? Não acredito que você, que tem que me educar, está me dando lições de hipocrisia.
– Não – disse ela. – Só estou dizendo como as coisas funcionam.

Custa admitir, mas, dessa vez, minha mãe tinha razão. As relações entre as pessoas são baseadas em todo tipo de mentiras, grandes e pequenas, boas e ruins.
Pra saber a verdade, teríamos que ouvir não o que as pessoas dizem, mas o que elas pensam.

Quando isso for possível, eu vou prestar atenção. Até lá, não. É a hipocrisia que mantém o mundo girando, sem grandes problemas. E não é isso que todo mundo quer, que o mundo continue girando?

O Departamento de Comunicação e Marketing deve ser o mais ocupado do nosso cérebro, onde um monte de neurônios formados às pressas em universidades fajutas trabalham pra traduzir o que pensamos naquilo que devemos dizer. Trabalham pra caramba!

DEPARTAMENTO DE COMUNICAÇÃO E MARKETING

Entendem agora por que a mente se chama assim? MENTE. Depois do jantar, por volta das nove, eu já estava dizendo só meias-verdades, ou não chegaria vivo ao final do dia. Uma meia-verdade não chega a ser uma mentira, no máximo, é meia-mentira. A verdade inteira é uma bomba. Destrói tudo num raio de quilômetros. Quem passasse o dia todo dizendo a verdade chegaria à noite sem um único amigo, e até a própria família o olharia torto. O melhor que ele teria a fazer era emigrar (não para o exterior, mas para uma galáxia distante).

O Alex ligou. Fiquei surpreso, ele não costuma ligar tão tarde. Mas era urgente, ele estava furioso.
— É verdade que o Carlitos anda dizendo na escola que eu mijei nas calças quando os valentões me assustaram?

Olhei para o relógio, faltava um minuto para a meia-noite.
– Espera aí! – respondi. – Só um minuto.
O minuto passou. Não sabia que demorava tanto. Já era outro dia, o dia 14 de junho, um dia como outro qualquer.
– E aí? Ele disse ou não disse? – insistiu o Alex.

Ah, como é bom poder mentir. O problema é que mentira tem perna curta.
– Mas você disse pro Bruno que ouviu ele falar isso – continuou o Alex. – E a verdade é uma só.

– Não, Alex. Às vezes, a verdade são duas. Você que não sabe. Até amanhã.

Desliguei o telefone, me deitei de barriga pra cima, e também me despedi dela:
– Até ano que vem, Verdade Verdadeira. Antes disso, não me apareça na frente.

E lá foi ela, nem sei para onde, de cabeça baixa, muito envergonhada.

Fred e Inês.
Era uma vez...

Ela entrou por aquela porta, no meio da tarde. Veio consolar e amparar minha irmã, que tinha ido a um *casting* qualquer e acabou ficando de fora, como sempre acontecia.
As amigas da minha irmã, que tem 16 anos, são todas parecidas com ela. Bobas, comuns. Mas não há regra sem exceção.

E aquela garota parecia ser uma exceção.
A maneira de falar, os gestos, o tom de voz, a dicção, tudo nela era uma exceção. E ela era linda também. Era um exagero.

Meio escondido no sofá, eu assistia a tudo, prendendo a respiração para não ser notado.

— Você também foi ao *casting*? — perguntou a minha mãe.
— Não — respondeu ela. — Estava aqui na frente, no jardim, lendo, e a vi passar assim... Somos da mesma turma.

Uma garota no jardim, lendo um livro? Parecia o nome de uma pintura romântica antiga.

Já quase não existia mais isso: leitores. Seria um livro sobre o BTS? Ou da escola? Fiquei curioso. Houve um momento em que ela colocou o livro na mesa e eu pude ver a capa: *Cem anos de solidão*, de um tal Gabriel García Márquez. Uau! Isso era um livro que se lia quando se era adulto.

Com o entusiasmo, levantei a cabeça e ela me viu e veio me cumprimentar. Meu Deus!

Foi isso, mas foi o suficiente. As outras amigas da minha irmã olham para mim e não me veem, me tratam como se eu ainda não tivesse idade para ser notado e fazer parte da vida. Ela, não. Ela fazia parte daquele seleto grupo de pessoas bem-educadas que restam no mundo.

Ah, e ela exalava um perfume suave, acho que era de uma garota, mas não de qualquer garota. Havia algo mais, e esse algo era estilo. Ela escorregou no piso encerado e quase caiu, mas até a pirueta, que costuma ser ridícula, ela fez de forma elegante. Nem soltou o livro. Depois, disse "Ops!" e continuou andando como se estivesse pisando uma linha invisível que só ela via.

Tudo se pode comprar ou aprender, menos estilo, que é a forma elegante de fazer as coisas, mesmo quando se erra. Essa parte é importante, porque não importa fazer as coisas certas, nem ganhar, nem ter razão, nada disso. O que importa é a forma elegante como se faz, seja o que for. Os cachorros não têm estilo, salvo um ou outro. Já os gatos têm estilo de sobra.

Há pessoas sem educação que têm estilo, e outras com educação que não têm. Já estudei essa coisa de estilo, mas não cheguei longe, e ler frases célebres sobre o assunto também não ajudou. Só cheguei a uma conclusão: alguns têm, outros, não. E a Inês tinha de sobra.

Além disso, ela era uma leitora.

Existem muitas garotas lindas

e também muitas garotas leitoras,

mas não conhecia muitas que fossem as duas coisas. Será que ler e beleza eram incompatíveis? E como ler também é uma forma de beleza, ela era beleza 10/10. E, claro, era difícil suportar tanta beleza junta.

Podem achar que não, mas isso é um dado importante para um relacionamento. Mas eu disse relacionamento? Eu não tenho nenhum relacionamento com ela além daquele "Oi! Como você se chama? Eu sou o Fred."

Mas tenho que admitir: meu nome, Fred, nos lábios dela, era algo redondo, leve, doce. Parecia outro nome – e era.

Fiquei pensando que aquela boca nunca mais deveria pronunciar outro nome de garoto. Só Fred, Fred, Fred. Ainda não tinha terminado de pensar nisso, e ela já saía do quarto da minha irmã, onde as duas tinham se trancado. A caminho da cozinha, Inês perguntou:

O nome de outro garoto na boca dela... Que horror.
A realidade está sempre corrigindo a minha imaginação. Ela se chamava Inês. Então, não era surpresa que tivesse Pedro atrás dela, ou vice-versa. Dava no mesmo.

Deu vontade de gritar:

Mas por que eu estava assim? Isso era comigo? Se eu estava com ciúmes, era porque... Eu? Deus me livre de me apaixonar por uma garota cinco anos mais velha do que eu. Seria o fim. Mas eu estava sentindo algo, isso eu sentia. E não era porque ela era linda, educada, tinha estilo e era leitora. Simplesmente estava acontecendo.

Inês foi embora meia hora depois, se despediu com um "boa tarde" e um sorriso, mas não voltou a dizer meu nome. Foi uma pena. Me agarrei àquele sorriso e, à noite, na cama, ele ainda estava comigo. Eu não precisava de mais nada, só de voar para dentro daquele sorriso. Poderia passar o resto da minha vida lá. E também pensei que precisava comprar aquele livro, *Cem anos de solidão*. Queria ler o mesmo livro que ela lia, respirar o mesmo ar que ela respirava, olhar para o céu e ver a mesma estrela que ela via.

No dia seguinte, acordei doente. Me sentia fraco, desanimado, apesar de ter acabado de acordar, e só conseguia pensar nela. Não havia mais nada dentro de mim, só ela. Era como se eu tivesse sido invadido e ocupado por uma força estrangeira.

Fui até a sala, e o ar ainda cheirava a ela. Os lugares onde ela esteve (o sofá, o quarto da minha irmã, a sala, o hall) agora eram sagrados. Para mim, claro, e para o meu coração. Vocês entendem isso? Eu também não.

Na TV da sala, que está sempre ligada, alguém cantava uma canção de amor. Um dos sintomas mais preocupantes era que eu passei a gostar de ouvir canções de amor piegas. Pior: todas as canções de amor agora eram sobre ela.
Perguntei à minha irmã se a Inês ia aparecer, e ela disse: "Sei lá. Talvez."
Aquele "talvez" foi minha salvação. Talvez é uma esperança, pode acontecer. Foi nesse talvez que me agarrei para conseguir voltar ao meu quarto e começar a escrever poemas e cartas de amor. Eu tinha sido fisgado. Estava... vocês sabem.
Se o amor é um veneno, deveria haver um antídoto, um remédio, uma solução. Mas não, não tem.

Ouçam bem isto: não se apaixonem por uma garota assim, porque vocês nunca conseguirão voltar a ser quem eram antes. É uma grande desgraça, não é?

O Superbaixinho

Eu e o Alex estávamos indo para a escola quando ele apareceu na nossa frente, bloqueando o caminho. Cheguei a pensar que era um assalto. Mas aquele garoto era tão baixinho... Como ele iria render nós dois?

– Ei, galera! Vocês são do 5ºF? – perguntou ele.
Nós olhamos bem para ele antes de responder. Era baixinho, como eu já disse, mas tinha um jeito confiante e desinibido.
– É meu primeiro dia – continuou ele. – Fui expulso da outra escola e transferido para cá, que é onde minha avó mora.
– O que você fez? – perguntou o Alex.

Dei o troco em quem me zoava por ser baixinho. Mas não me perguntem como agora. Um dia, eu conto para vocês...

Tampinha, projeto de gente, pintor de rodapé, salva-vidas de aquário, toco de amarrar jegue. Existem mais de mil apelidos para baixinhos, mais apelidos do que baixinhos, acho eu.

– E daí? – falei eu. – Todo mundo é alguma coisa: uns são altos, outros gordos, outros magros. Eu disse isso para consolar, mas não é verdade. Quando alguém foge um pouco da norma, logo ganha um rótulo.

E ele era baixinho? Era. Mas garotos não se medem pela altura. Pra quê? Basta uma fita métrica qualquer para qualquer homem ou garoto perceber que é pequeno.

– Deixa eu entrar com vocês, como se já fosse daqui há muito tempo – pediu ele. – Os grandalhões do 9º ano não gostam dos novatos.

Acabamos adotando ele. Tinha um ar indefeso, olhando pra gente de baixo pra cima. Também vi ali – confesso – uma oportunidade de mostrar meus conhecimentos sobre como sobreviver na escola. Se eu não fosse tão novo e alguém acreditasse em mim, poderia dar aulas ou escrever um monte de livros de autoajuda.

Seguimos os três em direção a essa espécie de selva moderna que chamam escola. Vamos lá, éramos dois e meio.
– Só porque sou baixinho, acham que podem me zoar... – reclamou ele, o Rodrigo. Ele se chamava Rodrigo, embora poucos o chamassem pelo nome.
– Ninguém repara nisso – falei. – Como tem gente de várias idades aqui, vão pensar que você é mais novo.

Sim, sim... Isso é a minha desgraça. E se fosse só agora... Quando eu for adulto, vou ter 1,55m, no máximo. Na melhor das hipóteses, 1,60m. É pouco ainda. Sempre vai faltar, pelo menos, 10cm de altura.

Deve ser algo muito triste e grave, esses 10cm a menos, porque ele ficou com uma cara de quem perdeu a família toda num acidente.

Logo depois, passou por nós o Guindaste, com suas passadas largas. Era o mais alto da turma e um dos mais altos da escola.

O Guindaste foi embora rindo, todo desengonçado.

– Tá vendo? – falei para o Rodrigo. – Perto do Guindaste, somos todos baixinhos.

Chegamos ao portão da escola e eu comecei a aplicar meus conhecimentos.

– Regra nº 1: na entrada, a gente se abaixa para amarrar os cadarços e aproveita pra dar uma olhada ao redor.

E se os cadarços já estiverem amarrados?

– Desamarra e amarra de novo, ué! Aff! E assim a gente vê onde estão os grupos perigosos, onde tem aglomeração, por onde anda a galera das cavernas, que eu não tô vendo...

E passamos para a Regra nº 2:

definir um percurso, evitando áreas mal frequentadas e aglomerações.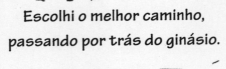

Escolhi o melhor caminho, passando por trás do ginásio.

Era uma volta maior, mas a segurança vinha em primeiro lugar.

No caminho, lembrei a Regra nº 3: atitude tranquila, olhar para frente.

E a Regra nº 4: não demonstrar medo, nem que você esteja morrendo de medo.

E a nº 5: não chamar atenção e tentar passar despercebido.

Quando passamos pelo ginásio, o bando das cavernas apareceu na nossa frente, não sei de onde. Eu disse:

Regra nº 6: esquece todas as outras regras e corre.

Pra onde?

Pra longe!

Corremos para direções diferentes, mas nos reencontramos mais à frente. E, então, conseguimos chegar à nossa sala sem mais nenhum problema.

Mas não consegui evitar o que aconteceu a seguir. O Rodrigo procurou uma carteira no fundo da sala, mas a professora, quando percebeu a altura dele (sim, ele era o mais baixo da turma), mandou ele ir para uma das carteiras da frente, o que gerou uma certa agitação por causa das trocas. Até aí, tudo bem... O pior foi quando a professora leu o nome dele em voz alta:

"Grande". Ele? Todo mundo riu. E aí estava a razão pela qual o Rodrigo nunca colocava essa parte do nome nos papéis que preenchia. E nunca dizia. Não gostava de se chamar Grande. Pelo menos, enquanto ele não fosse realmente grande. Porque, por enquanto, só servia para ser zoado.

Mas isso não era o pior. só na nossa sala tinha um "Valente", que era um grande medroso,

um "Guerreiro", que era um baita preguiçoso,

e uma "Linda", que era feia como a necessidade.

Antes de colocar certos nomes, deviam esperar para ver se combinam ou não.

O pior, como eu dizia, veio depois. O idiota do Xavier, que ficou sentado atrás do Rodrigo, começou a se contorcer todo, enquanto dizia:

Professora, não tô vendo nada.

Por quê? Esqueceu os óculos?

Não. É esse aqui que tá tampando minha visão.

O destino do Rodrigo estava selado naquele momento. Ele passou a ser chamado de "Tapa-Vistas". A partir daí, onde quer que ele estivesse, alguém dizia que ele estava tampando a vista de alguém. Na fila do refeitório, por exemplo, ficavam atrás dele e falavam: "Não tô vendo nada" ou "Sai da frente que você tá me tampando".

Baixotes, Tampinhas e Rasteirinhos havia muitos. Tapa-Vistas, só ele.

Pra mim, ele era o Superbaixinho. Na parte mais chata da aula, desenhei ele no meu caderno: um super-herói baixinho.

De dia, ele era um garoto apagado, que passava despercebido, isso quando não tropeçavam nele.

À noite, vestia uma capa, tomava uma poção especial e saía voando pela janela do quarto para se vingar dos que fizeram mal a ele.

Na volta, passava na casa de uma certa garota. Como ele era um super-herói, não tinha problema, porque podia se elevar 20cm acima do chão e ficar da altura dela.

Quando estava sozinho, o Superbaixinho era normal, não precisava ser maior. Mas quando estava com alguém, passava horas contando suas proezas. Quanto mais gente escutando, maior era a proeza. Ele sempre mostrava que era maior do que parecia.

Mais uns 10cm do que o que se via. Por isso, tudo o que ele dizia e fazia tinha 10cm a mais.

Enquanto o ouvia contar suas histórias, imaginei que ele poderia resolver o problema de outra maneira.

Quando crescem o que têm que crescer – pouco, não é? –, esses baixinhos, geralmente, compram carros enormes, casas enormes, barcos enormes, tudo muito maior do que o necessário. Mas a gente entende: como são pequenos, têm que fazer tudo em grande escala.

E tudo por causa daqueles 10cm a menos. Veja só!

Olho por olho

O Superbaixinho... Já sabia que ele ia dar o que falar. Tudo começou no dia da feira de arrecadação de fundos no ginásio, o dia em que ele descobriu que podia ser maior sem crescer. Sim, sim, já vão entender.
Era nessas ocasiões que as turmas do mesmo ano se juntavam. Então, o ambiente ficava um pouco tenso. E o Superbaixinho percebendo que era o mais baixo, não só da turma dele como do 5º ano inteiro.

Havia. Mas ele ainda não o tinha visto.

Como estava nervoso, ficou com sede e foi até a barraca dos sucos. Ele não alcançava o balcão e deu dois pulinhos.
– Um suco de laranja – pediu.
Sentiu que havia alguém do outro lado do balcão, falando alguma coisa, mas não conseguia ver.

– Um suco de laranja! – repetiu mais alto.
Como não teve resposta, espiou e, atrás do balcão, estava um garoto do tamanho dele, também aos pulinhos, perguntando:

– Pode ser gelado – disse o Superbaixinho.
Diante dos olhos dele, estava um cara tão ou ainda mais baixinho que ele. Pelo menos havia mais um como ele.
– Roubaram meu banquinho quando fui ao banheiro – explicou o garoto atrás do balcão. – Se eu pegar quem foi...

– Você também é do 5° ano? Nunca te vi por aqui – disse o Superbaixinho. – E como é seu nome?

O outro respirou fundo, tentando ter paciência. Depois, disse:

Nunca ouviu falar do Messi? Sou eu. O artilheiro da equipe da escola. O Messi, o jogador de futebol, o verdadeiro, é baixinho como eu e você, não é?

Pode crer.

– Mas quando ele vai com a bola colada nos pés, se esquivando dos zagueiros e empurra, depois, suavemente, pro fundo da rede, ele é GIGANTE, e os outros, mesmo os mais altos, é que são baixinhos. E o suco? Você disse gelado ou natural?

Foi aí que o Superbaixinho entendeu como as coisas funcionavam. Um baixinho como aquele Messi, que era o melhor jogador da escola, deixava de ser baixinho e passava a ser normal. Ele não tinha tanta habilidade assim para o futebol e esporte em geral, mas se encontrasse outra coisa... Chegaram mais clientes e o Messi se despediu. A lição também tinha acabado. E aquilo – digo a vocês – foi um terremoto na cabeça do Superbaixinho. Ele percebeu que não importava seu tamanho, mas sim o tamanho do que era capaz de fazer.

Era uma grande descoberta.

Disse a ele, para animá-lo:
— Se você for um escritor ou um ciclista bom, por exemplo, vão dizer que é um GRANDE escritor ou um GRANDE ciclista. Até você pode ser grande, como diz o seu nome. Quando morrer, vão dizer que foi um grande músico, ou um grande jogador, ou qualquer outra coisa grande, e ninguém vai lembrar da sua altura. Pelo menos, depois de morto, você deixa de ser baixinho.
— Eu queria agora — disse ele.
Eu estava inspirado e continuei:
— Quem se lembra que Napoleão tinha só 1,60m? Todo mundo vê ele com dois metros, um gigante, sempre com a mão no casaco. E não foi só ele: grandes homens como Maradona, Charlie Chaplin, Gandhi,

não eram assim tão grandes.

Não era mentira, não, não, senhor. Por alguma razão, existem muitos baixinhos no mundo. Eles sobreviveram. Estar mais perto do chão devia ter suas vantagens no passado pré-histórico, quando tudo começou: ouviam antes dos outros o som das passadas dos mamutes, se escondiam mais fácil e era mais difícil serem atingidos quando o grupo era atacado pelos rivais, já que eram alvos menores.

É por isso que o mundo continua cheio de baixinhos. Até no basquete tem baixinhos. No exército e nas repartições públicas, nas grandes empresas, quase sempre o chefe, aquele que manda mais, é o mais baixinho. Talvez eles se esforcem mais que os outros. Quanto? Pelo menos uns 10cm a mais, não?

A partir daí, o Superbaixinho só pensava nisso, em fazer algo grandioso, um feito, algo que o elevasse pelo menos uns 10cm aos olhos dos outros.

Os dias foram passando e os feitos não aconteciam, mas as vinganças sim. "Olho por olho", era o lema dele. Quatro brutamontes do 9º ano o humilharam no recreio. Diziam "não tô vendo nada" e esbarravam nele. Mas o Superbaixinho não era daqueles que levavam desaforo para casa ou iam chorar para a diretora. Ele, não: ele ficava pensando.

E, certo dia, enquanto eles estavam na aula de Educação Física, o Superbaixinho deu um jeito de entrar no vestiário e mijou nas mochilas deles.

Ele não deixava pistas, e ninguém podia dizer: "Foi o Tapa-Vistas". Não havia provas, pistas, testemunhas; só aquele sorriso malandro que ele dava ao passar, mas isso não servia como prova.

Mas nada disso, que era secreto, podia ser considerado um feito, quanto mais um grande feito. Esse continuava por fazer. Até que chegou o dia em que o Rodrigo Grande foi grande, como o seu nome.
Nós dois estávamos caminhando em direção ao ponto de ônibus, depois da aula. Lembro que ele estava para baixo, o que não era de se espantar: ele era tão baixinho. Na verdade, ele estava sempre para baixo, mesmo que não estivesse; e eu estava um pouco mais para baixo ainda.

É compreensível, ele estava apaixonado por uma garota cinco centímetros mais alta que ele, e eu estava apaixonado por uma garota cinco anos mais velha que eu.

Estávamos passando por uma espécie de parque de diversões que montaram num terreno baldio perto da escola, quando o Superbaixinho me puxou pelo braço.

Espera! Hoje é o meu dia de sorte. Olha ali o Exterminador.

Não será o seu dia de azar? Aliás, o nosso.

Tive a sorte de nunca ter cruzado com o Exterminador na escola, mas eu fazia questão de manter uma distância segura.

— Vamos embora? — sugeri.

A mente vingativa do Superbaixinho estava a todo vapor. Talvez, por isso, ele não me respondeu.

— O que ele fez com você? — perguntei.

— Me arremessou em uma lixeira na frente da escola, como se eu fosse uma bola de basquete. Me senti um lixo até chegar em casa e tomar banho.

— Então é melhor sairmos daqui, estamos bem ao lado das lixeiras — falei.

Por via das dúvidas, nos afastamos para a sombra de uma barraca de churros.

— Você acha que ele vai andar no trem-fantasma? — perguntou o Superbaixinho.

— Vai. Com uma garota.

— Então é o seguinte... — disse ele. — Tenho um plano de vingança. Não saia daqui que eu já volto.

Ele seguiu em frente, sem dizer mais nada. Comprou um ingresso na bilheteria do trem-fantasma, entrou num carrinho, sozinho, e desapareceu atrás da porta, junto com os outros carrinhos.

Mas ele não saiu no final, como os outros. Teria caído lá dentro? Teria sido devorado por um daqueles monstros ou arrastado para um canto por um zumbi?

Novos aventureiros partiram e, entre eles, estavam o Exterminador e a garota que o acompanhava. Eles deram a volta e, na saída, o Exterminador estava segurando um olho. No último carrinho da fila, que havia partido vazio, agora vinha o Superbaixinho, assobiando, muito tranquilo.

O Exterminador foi reclamar com os funcionários, dizendo que alguém lá dentro o tinha agredido.
Já o Superbaixinho veio assobiando na minha direção.

Fui eu! Ah, estou me sentindo tão bem.

O funcionário do trem-fantasma parou o brinquedo, entrou lá com o Exterminador e acendeu todas as luzes. Devem ter visto que lá dentro só tinha uns bonecos mecânicos, que não socavam os olhos das pessoas. Mas a marca estava lá, no olho dele, não estava?

Duvido que tenham resolvido aquele mistério.

– Belo plano! – reconheci.
Minha imaginação não estava muito longe da realidade. Aquele garoto era mesmo um super-herói, o Superbaixinho.

Ele não tinha superpoderes, nem usava capa, mas dava um jeito.

E o tal feito – lembram-se? – estava feito. E ele sabia agora que os feitos aconteciam melhor quando você nem estava tentando. Eles simplesmente aconteciam quando tinham que acontecer.
O Exterminador apareceu na escola no dia seguinte com um grande curativo no olho direito.

O Superbaixinho estava orgulhoso, mas também frustrado. Queria gritar no sistema de som da escola:

Mas era segredo, ele tinha que ficar calado. Era triste. De que adiantava ter feito um feito que ninguém sabia? Era como se não tivesse feito nada.

Só que um segredo desses era difícil de guardar. Eu mesmo contei para três garotos diferentes, que contaram para outros. O segredo não parava, ia circulando. Foi assim que aquela proeza se tornou um feito e o Superbaixinho passou a ser mais respeitado. Quando passava por um grupo de garotas, ouvia cochicharem:

Foi ele que deu um olho roxo no Exterminador.

O tamanho dele sempre era notado, mas, depois daquele feito, parecia maior aos olhos dos outros. Quanto? Uns cinco centímetros, pelo menos. Não eram ainda os 10cm que faltavam, mas já era alguma coisa.

A garota por quem ele era apaixonado, e que antes nem olhava para ele, agora lhe lançou um sorriso. Ela tinha começado a notá-lo. Então, ele estava mais "alto".

O problema foi que o segredo continuou sendo segredo, mas foi passando de boca em boca.

Levou mais ou menos oito minutos para dar a volta na escola, passando por cerca de 70% do pessoal, até chegar ao ouvido direito do Exterminador. Oito minutos e vinte e cinco segundos depois, o Superbaixinho também estava com um olho roxo.

☆*Pum.*☆

Parece que o lema do outro era o mesmo que o dele: "Olho por olho". Se continuassem assim, acabariam cegos, mas enfim.

De qualquer forma, o feito já estava feito, nada podia apagar. E o Superbaixinho nunca mais foi tão baixinho assim.

124

Cem anos de solidão

Certa manhã, minha irmã atendeu o telefone e começou a gritar:

Foi um acontecimento sensacional, porque ela nunca tinha ganhado nada na vida, exceto caspa, dermatites, espinhas e coisas do tipo.

Fui saber o que era e ela tinha ganhado dois ingressos para o show do BTS em algum concurso.

Eu não sabia se ela estava mais feliz por ter ganhado os ingressos para o show ou por poder fazer inveja às amigas.

Minha irmã era apaixonada por um dos cantores daquele grupo; o quarto dela era coberto de pôsteres e fotos dele. Mas ela era só mais uma entre milhões. Tantas, tantas meninas apaixonadas pelos mesmos garotos, e sem esperança, porque sabiam que nunca chegariam perto deles. Tudo o que podiam fazer era ouvir as músicas, ver as fotos, os vídeos, e imaginar, imaginar. Beijam uma sombra, acariciam uma imagem.

Talvez essas paixões impossíveis sirvam como um treino para as paixões possíveis, reais. Quando as meninas percebem que nunca poderão namorar um daqueles garotos nem o Justin Bieber, acabam se contentando com algum bobão da sala de aula.

Meia hora depois, ela saiu de casa para comprar aquele top que seria perfeito para a entrevista que fariam com ela. Pouco depois, atendi uma ligação da empresa que organizou o tal concurso, perguntando sobre a publicação da carta de amor em uma revista.

Perguntei: "Que carta?" e eles responderam: "A carta de amor para um dos membros do BTS que ganhou o concurso, qual seria?"

Minha irmã tinha escrito uma carta e vencido o concurso? Impossível, pensei. Mas não falei mais nada, pois fiquei pensando que ela devia ter roubado a carta de alguém. Mal sabia eu de quem.

Quando ela voltou para casa, fiquei sabendo. Era minha, a carta que nunca enviei para a Inês. Estava no meu caderno. Por sorte, não tinha o nome dela em nenhum momento, então eu poderia sempre dizer que era um dos meus exercícios literários.

– Estava linda, cara. Eu sabia que ia ganhar – disse ela. – Não sei de onde você tira essas ideias.

Gostei do elogio, mas fiquei furioso por ela ter mexido nas minhas cartas de amor e queria denunciá-la. Além disso, aquilo era uma fraude, eu disse a ela.

Meia hora depois, tinha uma equipe em casa com uma câmera para gravar um depoimento dela. Foi épico. Até lendo um trecho da minha carta, ela conseguiu cometer três erros ortográficos.

Ela erra até quando está calada, como a maioria dos jovens da geração dela. Estão tão ocupados ouvindo música, namorando, jogando bola, que nem aprendem direito o idioma que têm que falar!

À noite, tivemos uma reunião familiar durante o jantar para falar sobre o do roubo da carta de amor. E lá veio a sentença do meu pai:

Estão entendendo a cena? Não saíam desse papo.
– Quer ir ao show? – perguntou, por fim, minha irmã.
– Não – respondi.
– Então, pronto. Eu vou.
– E quem vai com você? – quis saber.
– Ninguém. Vou vender o ingresso por uma fortuna na internet.

Era verdade. Ganhar um concurso era recompensa suficiente. O problema é que eu também precisava ganhar uma fortuna para comprar um livro.

— Quanto custa? — perguntou minha irmã.
— Dezoito reais.
— Aqui, vinte. E não gaste o troco todo de uma vez.
Vinte reais. Ela me deu uma nota de 10, uma de 5 e mais 5 reais em moedas.

Esse foi o primeiro dinheiro que ganhei com minha escrita. Para nunca esquecer aquele momento em que segurei na mão o meu primeiro pagamento, guardei para sempre a moeda de menor valor, 50 centavos, como recordação e amuleto da sorte.

E agora eu poderia comprar *Cem anos de solidão*, o livro que a Inês estava lendo.

No dia seguinte, estava lendo o livro, bem esticado no sofá da sala, quando ela entrou, junto com minha irmã.

Nem de propósito. Como posso explicar isso? Foi como se alguém tivesse jogado uma poção mágica no meu cérebro. São as tais endorfinas. Já tinha feito uma tabela das recompensas possíveis:

Se me cumprimentar e disser o meu nome	"OLÁ, FRED!"	100 mg de endorfinas.
Se olhar de uma certa maneira e sorrir ao mesmo tempo		120 mg de endorfinas.
Se ficar conversando comigo	BLÁ BLÁ BLÁ BLÁ BLÁ BLÁ BLÁ BLÁ BLÁ	500 mg de endorfinas. dependendo do tempo que for.

133

Bastou aquela garota entrar na sala para a atmosfera do planeta Terra ficar mais agradável, perfumada.

Ela era encantadora, ou eu não teria me encantado tão rápido. Seria também uma garota-feiticeira?
– Olá, Fred! – disse ela, sorrindo. E veio o primeiro banho de endorfinas.
Ela se sentou na beirada do sofá onde eu estava deitado. Mais endorfinas, nem sei quantas.

Olha! Está lendo o Gabo?

Ah, ela reparou. Funcionou.

– Estou na parte em que aparece aquele homem que sempre estava cercado por borboletas amarelas.

– Esse livro é lindo! – disse ela. – Quantos anos você tem?
Engoli em seco, mas consegui responder:
– Quase 12. Por quê?
– E já lê livros assim... Você vai longe. Não pare, porque a melhor parte vem sempre depois.

Não podia haver parte melhor do que aquela, pensei.
Eu, Fred, o Estranhão, com 11 anos, e Inês, com 16, conversando sobre um livro na intimidade da minha casa.

135

Era incrível. Eu podia ficar ali o dia todo, a vida toda, só ouvindo ela falar. Não sabia que palavras, só palavras, o som delas, faziam o coração bater mais rápido.

E as endorfinas? Pois, era como se alguém estivesse entornando um balde delas diretamente no meu cérebro e tivesse esquecido o que estava fazendo.

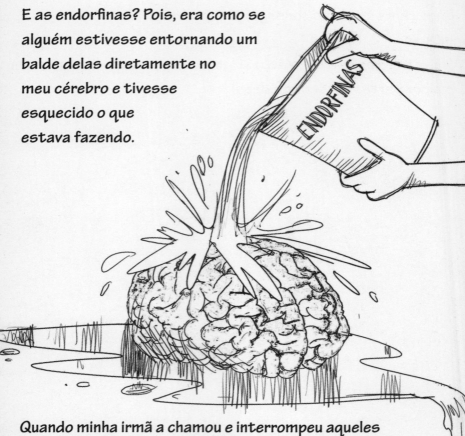

Quando minha irmã a chamou e interrompeu aqueles momentos perfeitos, deu vontade de matá-la. Ela puxou a Inês pelo braço e a levou para a rua. Só ficou o perfume dela (dois dias depois, ainda dava para sentir, de vez em quando).

Foi então que, por um momento, senti a felicidade passando por mim. Ela me visitou e seguiu em frente. Ela tem muito o que fazer, não demora em lugar nenhum, ou haveria mais felicidade no mundo. Foi o meu caso. Mas, pelo menos, agora eu sabia o que era felicidade. Era AQUILO. Não me perguntem "Aquilo o quê?" porque nenhuma palavra, nem as melhores, conseguem descrever o que era Aquilo. Mas eu digo Aquilo e sinto, aqui dentro, como Aquilo foi.

Agora, preparem-se, vem aí a parte triste. Passou um dia, dois, uma semana, e ela não apareceu mais, não ligou, nada. Eu perguntei por ela à minha irmã, mas ela não sabia. Agora andava mais com outra, uma garota comum chamada Raquel, que não lia, não me cumprimentava, adorava K-pop, vestia Zara e Renner, nunca tinha lido um livro e não tinha estilo (aquilo que alguns têm e outros não).

Fiquei arrasado e, por uns dias, mal comi. Sentia como se tivesse caído em um buraco negro e não sabia tudo o que poderia acontecer. O que poderia acontecer era a Inês conhecer garotos da idade dela. O tal Pedro ou qualquer outro. Eu estava perdido!
Tive vontade de sair e procurá-la na saída da escola, nos arredores da casa dela. Mas eu estaria à altura para competir com os garotos mais velhos?

Dizem que o amor não escolhe idade, mas se isso fosse verdade, 90% ou mais das pessoas que namoram ou casam não teriam idades próximas. E têm. Há um caso ou outro, claro. Mas são exceções.

E eu, sendo tão novo, era ainda pior. Fiz uma tabela com a diferença de idades para estudar melhor a questão.

Viram que há dois pontos sensíveis no futuro? Quando eu tiver 16, ela terá 21. Será a primeira oportunidade, se eu estiver desenvolvido. E eu posso estar. Por amor, estou disposto até a fazer musculação, o que for preciso para parecer maior, e ficar mais velho mais rápido.

Mas, até lá, serão cinco anos de espera. Eu nunca poderei reduzir essa diferença de cinco anos.

Se eu pudesse crescer mais rápido, fazer aniversário duas vezes por ano, por exemplo, e ela mais devagar, só fazer aniversário de dois em dois anos... Mas isso só seria possível se eu inventasse uma máquina para acelerar e desacelerar o tempo. Difícil, né?

Ainda estou na fase de inventar chinelos luminosos e acho que nem um gênio como Einstein conseguiria uma coisa dessas. Mas eu sempre poderia imaginá-la e desenhá-la no meu caderno.

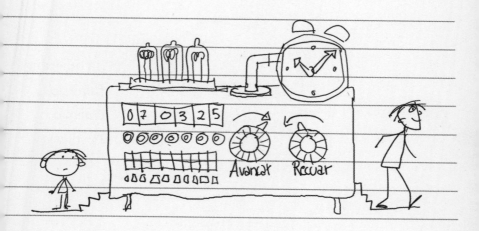

Quando estava saindo para a escola, pensando nisso, passei pelos meus pais na cozinha. Eles estavam discutindo, tentando entender para onde ia o dinheiro que ganhavam. Compreendi, naquele momento, que eles tinham demorado cinco anos para me ter e arruinaram minha vida amorosa. Era isso.

O Garoto Admirável

Já ouviram falar do Garoto Admirável?

É um personagem de HQ que eu criei. Não se surpreendam se acharem ele meio parecido comigo, embora eu não seja tão admirável assim. Me faltam aquele carisma, aquela autoconfiança, e também o domínio de várias artes marciais.

Ele parece um garoto como qualquer outro, mas faz tudo incrivelmente bem. Tão bem que o telefone dele não para de tocar. Ele é chamado para resolver problemas e até dar opiniões na TV.

Quem mais dá trabalho para ele é o Garoto Horrível, que parece uma espinha gigante e aterroriza a cidade, além de nunca ir à escola ou fazer qualquer outra coisa (mas isso é o que ele faz de melhor).

Era uma tarde de sábado como outra qualquer, sem nada para fazer, e desenhei a primeira página das aventuras do Garoto Admirável:

O Garoto Horrível é realmente horrível: sequestrou uma garota na saída da escola.

Das mais bonitas

Ele pode ser horrível, mas tem bom gosto (também não estranhem se ela for parecida com a Inês e cinco anos mais velha do que eu; foi assim que a coisa me apareceu).

Mas o Garoto Admirável já está na trilha dele. E para ele não é difícil, não. Tem a visão de uma águia e o olfato de um cachorro.

Seguiu um rastro de um cheiro horrível, de espinhas recém-espremidas.

O Garoto Horrível, quando o viu chegar, ficou horrorizado. Tentou alguns truques horríveis, como espremer espinhas à distância, mas sem sucesso.

Dava nojo bater nele, mas era preciso. Até que o Garoto Horrível se esborrachou contra uma parede.

Quando o Garoto Admirável libertou a garota, o Garoto Horrível começou a chorar. Dava pena.

Ia passando uma garota horrível, que também parecia uma espinha ambulante. Quando viu o Garoto Horrível, foi paixão à primeira vista.

Mas era tão horrível que até o Garoto Horrível ficou horrorizado.

O Garoto Admirável já estava no meio da rua, conversando com a garota.

Esse Garoto é Admirável.

Minha mãe entrou no quarto. Felizmente, eu tinha terminado a página.

Você ainda não está pronto?

Não tem aula...

– Tem o curso de atividades, da sua tia... Você se esqueceu? É de graça.
– Não quero. Prefiro ter tempo realmente livre.
– Mas é de graça... – ela insistiu, como se isso fosse o mais importante.

Vocês me entendem, né? Sou um inventor e preciso de muito tempo livre para ter ideias e cuidar delas. Fazer tarefas chatas em um curso? Nem pensar. Tudo o que consigo pensar é em como fugir disso na próxima vez.

As pessoas se preocupam demais com isto: como ocupar o tempo. Será que têm algo contra o tempo livre?

É uma pena, mas essas pessoas não sabem que o tempo livre é um lugar maravilhoso. Nesses momentos em que não estou ocupado, sinto o tempo passar por mim, como uma brisa.

Às vezes, ele para por alguns instantes e fica me observando brincar.

Eu não o vejo, mas sinto. O tempo tem seu próprio ritmo, diferente do nosso.

Anda logo!

Olha aí, "anda logo". Nunca há tempo. E lá fui eu, senão teria ainda mais problemas.

Caminhei até a praça. Tive que escolher entre a rua estreita e escura, que me levaria mais rápido ao curso (prefiro chamar de "roubo do tempo livre"), e a rua larga e iluminada, cheia de gente, que era mais segura. Às vezes, penso que minha vida, no futuro, pode ser diferente dependendo de qual rua eu escolha.

E pode mesmo.

Escolhi a rua escura, porque estava atrasado. Péssima escolha. No meio do caminho, passei por um garoto sentado em um murinho.

Não tive tempo de perguntar "com o quê?". Enfiei meu pé direito num buraco pequeno, e ele ficou preso. Que azar.

– Já caíram alguns aí desde que estou aqui – disse o garoto, vindo me ajudar.

Mas o azar não acabou. Quando consegui soltar o pé e estava checando o estrago no meu tênis novo, uma moto parou, e dois brutamontes desceram, nos perguntando onde era a Rua das Flores. Antes que pudéssemos responder, nos empurraram para dentro de uma casa abandonada ali perto. Um deles, o mais forte, cheio de piercings nas orelhas, me segurou e disse:

151

Fiquei em pânico. Só tinha 6 reais nos bolsos, e meu celular era uma porcaria – tão ruim que eu tinha até vergonha de usá-lo na escola. Já o outro garoto não tinha nem dinheiro, nem celular. Era ainda pior.
– Em que ano você vive, cara? Vem de outro planeta? – perguntou o ladrão, sem acreditar, enquanto revistava o garoto. Que criatura na Terra não tem um celular? Tem mais celular que gente por aí!

O garoto não tinha dinheiro, nem celular, mas tinha senso de humor.

Tanto que logo levou um tapa.

Eu só conseguia pensar no que o Garoto Admirável faria naquela situação:

1 – Estenderia o braço com o celular na mão. Quando o ladrão estivesse prestes a pegá-lo, ele o lançaria para o ar.

2 – Em seguida, daria um golpe no ladrão, jogando-o na caçamba de lixo, pegaria o celular de volta e guardaria no bolso.

3 – O outro ladrão ficaria boquiaberto e fugiria correndo.

Caramba! Que marca de achocolatado você bebe, cara?

4 – O celular do Garoto Admirável tocaria. Era aquela garota.

Aham, eu dou um pulinho aí.

O Garoto Admirável não ficaria sem celular, obviamente.

Tá dormindo?

— gritou o "meu" ladrão, me sacudindo. Entreguei a grana e tirei o celular do bolso. Então, estendi o braço, como o Garoto Admirável. Quando o ladrão estava prestes a pegar o celular, eu o lancei ao ar.

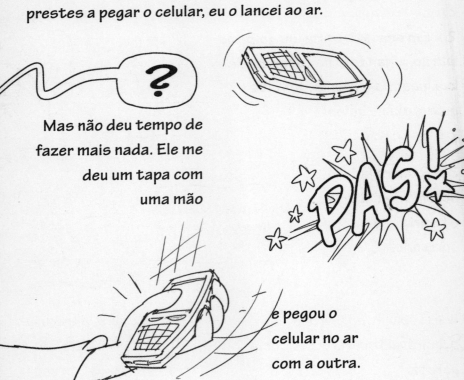

Mas não deu tempo de fazer mais nada. Ele me deu um tapa com uma mão e pegou o celular no ar com a outra.

Esse sabia o que estava fazendo.

— O que deu em você, moleque? Queria me bater? — perguntou.

— Nem pensar — gaguejei, pensando que, da próxima vez, eu teria que ser Admirável até o fim, não só no começo.

— E vê se arranja um celular melhor — continuou ele. — Os garotos da sua idade têm iPhones, sabia?
Viram só? Ainda me humilhou, me chamando de pobretão.
Foi nesse momento que ele deu um passo para trás e pisou em cocô de cachorro.
— Que azar — disse ele, raspando o sapato no chão.

O outro ladrão riu, tropeçou numa pedra, torceu o tornozelo e começou a mancar e gemer.

Eles saíram e subiram na moto, mas ela não pegava. Acabaram empurrando a moto rua acima. Um deles chutava as rodas, irritado, enquanto o outro mancava, andando de lado.

Talvez eles não fossem grandes ladrões, ou estavam com muito azar.

Respirei fundo. Já nem me lembrava de respirar.

Por que você jogou o celular no ar?

Para ganhar tempo e dar um golpe de karatê, como o Garoto Admirável faria.

Quem é esse?

Um personagem que eu inventei... Depois te conto. A propósito, eu sou o Fred.

E eu sou Válter.

TUMP TUMP TOMP TUMP

TUMP TUMP

TUMP TUMP

Sentei no murinho, tentando me acalmar e fazer meu coração parar de querer saltar do peito. Tudo isso porque as pessoas têm essa mania de ocupar o tempo livre, o delas e o das outras.

157

Ocupar algo livre nunca foi uma boa ideia. Por exemplo: a Alemanha ocupou a Polônia, que era um país livre. Isso está errado e é o começo de uma guerra.

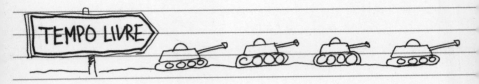

As pessoas não sabem que ocupar qualquer coisa é uma péssima ideia? Sabem. Então, por que querem ocupar o tempo livre à força?

Um grupo de garotos passou por ali, fazendo algazarra, trazendo uma bola.

— Olha o Azarento! — disse um deles, olhando para o Válter.

Eles passaram longe, como se tivessem medo de ter algum problema também.

Então você é o Azarento? Podia ter avisado...

Válter não gostou daquilo.

Quer que eu ande com um letreiro dizendo:

Mesmo sem letreiro, as pessoas fogem de mim. Viu esses garotos? Eu jogo melhor que todos eles, mas não me deixam jogar. Dizem que eu dou azar. Minha equipe sempre perde, mesmo que seja a melhor. Faço gol contra, causo lesões ou começa a chover, ou chega a polícia, ou aparece o dono do campo.

Ora, isso acontece com todo mundo quando se joga bola. Até chover.

Foi só falar: começou a chover.

– Viu? – falei. – Não sou eu, nem estamos jogando bola.
– Vai acabar dizendo que foi sorte termos sido assaltados – resmungou ele.
– Não nos mataram nem machucaram. Foi sorte – falei.
– Eu levei um tapa.
– E teve sorte. Um ladrão irritado pode perder a cabeça. Já ouviu falar da Roda da Fortuna?
– Não.

Desenhei uma roda grande no chão.

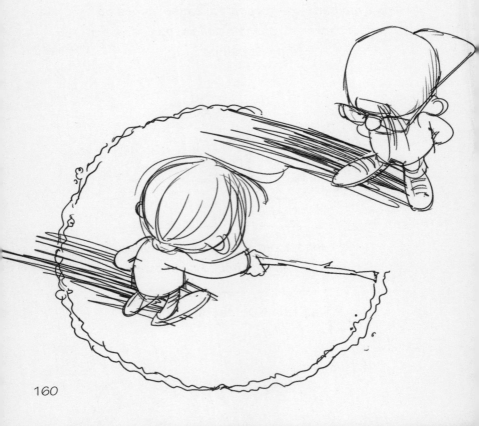

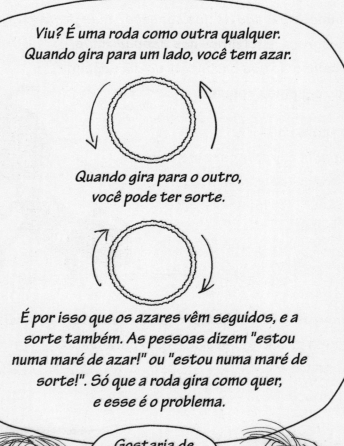

Tínhamos acabado de nos conhecer, mas já éramos irmãos na desgraça, e foi difícil nos despedirmos.
Marcamos de nos encontrar no dia seguinte, naquela mesma esquina.

Corri para casa.
Mal podia esperar para me jogar nos braços da minha mãe.

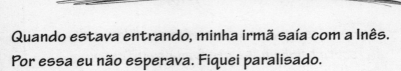

Quando estava entrando, minha irmã saía com a Inês.
Por essa eu não esperava. Fiquei paralisado.

Saí com uma história misturando o que realmente aconteceu com o que teria acontecido se eu fosse ainda mais parecido com o Garoto Admirável.

Minha irmã voltou para dentro e gritou:

A Inês olhou para mim e sorriu. Eu vi um pouquinho de admiração em seu olhar. Sim, naquele momento, me senti o Garoto Admirável. O melhor veio depois: ela colocou a mão na minha cabeça e a deslizou até meu ombro.

Eu estava tentando me controlar. Se a Inês não estivesse ali, já estaria chorando abraçado à minha mãe. Era o que eu queria, mas me segurei. Foi uma grande atuação, que só acabou quando ela foi embora, junto com a minha irmã, e me disse, com aquele sorriso impossível de descrever:

Aí, meus nervos cederam e voltei a ser quem sou, caindo nos braços da minha mãe, chorando.

Sim, deixei ela com a culpa, porque fica tão bem nas mães! Mas a culpa foi minha, eu que escolhi o caminho errado. Por outro lado, se eu não tivesse sido assaltado, não teria feito o papel de herói, nem vivido aquele momento em que eu e a Inês ficamos conectados, viajando pelas galáxias distantes.

– Eles estavam armados? – perguntou minha mãe. Respondi que eles só estavam se achando ladrões de verdade. Ou então, acharam que não precisavam de armas para lidar com a gente. Umas bofetadas já bastavam. E contei de novo o que aconteceu, sem as partes sobre o Garoto Admirável. Não precisava.

– Acho que foi por causa do Azarento – expliquei.

– Quem é esse?
– É o outro garoto. Ele tem azar, e quem estiver com ele, ou perto, também tem.
Meu pai balançou a cabeça e disse:

O azar não é de ninguém. Esse seu amigo deve se achar muito esperto. Você sabe quantos assaltos acontecem por dia nessa maldita cidade? Bem, vamos prestar queixa na delegacia.

O celular do meu pai tocou, ele atendeu e ficou com uma cara de velório.

Depois, ele se jogou no sofá pesadamente. Agora éramos dois azarados. E como se isso não bastasse, o meu pai insistiu na queixa, e eu tive que ir com ele à delegacia, o que só aumentou o meu sofrimento. O tempo que o policial de plantão levou para traduzir tudo o que eu dizia para "policês" e juntar as palavras do boletim de ocorrência daria para eu escrever um romance de 200 páginas.

Por acaso, não teve problema. Eu carregava comigo aquele momento, "o tal". Podia pensar nisso.

Quando o policial finalmente conseguiu terminar o boletim, eu pensei que ele ia pegar a arma e sair à caça dos assaltantes, ou pelo menos ligar para uma viatura da área para entrar em ação, mas vou contar o que aconteceu:

1 – Ele imprimiu a folhinha do boletim, fez dois furos e arquivou em uma pasta.
2 – Arrumou os clipes na gaveta, abriu de novo e olhou para ver se os clipes ainda estavam lá, e fechou devagarinho.
3 – Nos entregou uma cópia do boletim, em "policês", e nos desejou uma boa tarde. Tinha feito todo o trabalho.

Voltamos para casa, com meu pai reclamando do azar que, de repente, caiu sobre nós. Um assalto e uma inspeção da vigilância sanitária, ou seja, dois assaltos. Não era todo dia.

Mas não há azar que dure para sempre. Mais à frente, quando passávamos em frente a uma lotérica, ele parou e levantou a cabeça. Disse, animado, apontando para a vitrine:

Olha! Saiu o 24. Ganhei, deixa eu ver? 1.500 reais, ou mais, na rifa. Que legal!

– Que sorte – falei. Mas ele torceu o nariz.
– Não foi sorte – explicou. – Vi o número 7, no mesmo sonho, 3 vezes. Depois, quando acordei, olhei para o relógio e eram 7 horas, coloquei as mãos nos bolsos da calça e encontrei 7 moedas, enquanto a chaleira na cozinha apitava 7 vezes. Entendeu? Sete vezes 3. Sonhando e acordado. Ora, 7 vezes 3 são 24. Foi só correr todos os cafés atrás do número 24. Eu parei de andar e fiz meu pai parar também.

A vida é assim também. Às vezes, é melhor não saber a tabuada e errar. É assim que a gente acerta em cheio. Complicado, né?

Meu pai continuava falando, mas eu já não o ouvia. Eu estava pensando naquele momento, o tal, vocês sabem. Ah, um momento desses é uma alegria para sempre!

Me acordem quando isso acabar

Qualquer garoto da minha idade gosta de praia. Não é o meu caso. Para mim, faz parte das calamidades que temos que suportar quando somos mais novos e seguimos as ordens dos pais.
Chegou, enfim, mais um dia desses em que a família inteira vai passar o dia na praia. Eu tentei escapar, como em outras vezes, mas nenhuma das desculpas habituais colou.

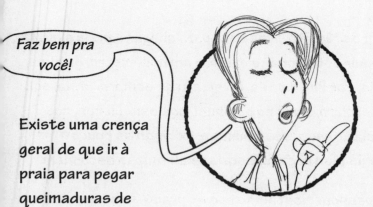

Faz bem pra você!

Existe uma crença geral de que ir à praia para pegar queimaduras de sol que castigam a pele e arriscar a vida nadando no mar faz bem à saúde. Muita coisa ruim se faz com os mais jovens em nome do que é saudável.

A expedição começou com a arrumação das tralhas que um dia de praia exige. Sempre falta alguma coisa – e já não cabe mais nada no carro. Ou são as coisas ou somos nós, mas todos temos que caber lá.

Depois, tem o trânsito. Uma hora para chegar à praia e outra para conseguir estacionar o carro, a um quilômetro, ou mais, de distância. Por fim, a praia, ou seja, o de sempre: areia, sol, calor, sede e, claro, areia no bumbum, nos sanduíches, nos picolés. E, claro, pessoas seminuas, exibindo os poucos sucessos e os muitos fracassos que as roupas escondem.

Por que as pessoas gostam tanto de praia? Acho que é por causa do mar. Nós (quer dizer, aquilo que fomos há milhões de anos) saímos do mar para a terra, quando só existia vida no mar.

Por isso, estamos sempre com vontade de voltar, é como visitar a tataravó.

Deve ser por isso que nossos olhos têm a necessidade de se banhar constantemente em água salgada. Sim, temos o mar nos olhos o tempo todo. Quando as coisas dão errado, choramos lágrimas de mar.

Sei de tudo isso, mas prefiro ficar olhando o mar. Não gosto de entrar nele e nadar, que é como as pessoas chamam o esforço de não afundar.

Meus pais alugaram um guarda-sol, depois de ouvirem todos os meus argumentos sobre os malefícios do sol. Tenho a pele sensível, não há protetor solar que me proteja direito.

Ah, e um quadrado de sombra no meio da areia é como um oásis no meio do deserto.

Levei um livro para me refugiar à sombra: *Cem anos de solidão*. O mesmo livro que a Inês estava lendo, e até foi agradável ficar ali. Até que veio o momento mais temido: o banho. Tomar banho de mar faz parte daquela ideia dos adultos de que a praia faz bem à saúde. Se você não nadar no mar, não faz tão bem.

Entrei na água com dificuldade, com meu pai me empurrando. Dentro da água, a gente não sabe onde está pisando, e o fundo está cheio de coisas nojentas e perigosas.

Com a água na altura do joelho, já mal consigo respirar. Quando chega no meio do peito, parece que estou me afogando.
Subi na boia da minha irmã e voltei a respirar.

Deitado de costas, eu só via céu e nem sabia se estava na terra ou no mar. E aí veio o problema. Quando olhei de canto do olho para a praia, vi que ela estava bem mais longe. A boia estava se afastando. Cada onda o levava para mais longe da praia.

Entrei em pânico. Onde estava meu pai, que eu não via em lugar algum? Devia ter mergulhado, ele gostava de ver o fundo. E minha mãe, que tinha ficado na areia, vigiando? E minha irmã, que estava comigo até agora?

Minha imaginação começou a correr solta. Já me via em alto-mar, atravessando oceanos e tempestades, até chegar a uma terra distante.

Menino brasileiro de 11 anos sobrevive a 22 dias em alto-mar em um colchão de praia, arrastado pelas correntes oceânicas.

Mas as outras imaginações eram piores:

Eu gritava, mas ninguém me ouvia, pensavam que eu estava brincando, fazendo de conta que estava me divertindo, como todo mundo.

Então, senti que alguém chegava na boia e pensei que era o tubarão da minha imaginação. Mas não, era meu pai. Eu só tinha imaginado, por medo, que tinha me afastado muito da praia. Na verdade, estava quase no mesmo lugar. Dá pra acreditar?

Quando voltamos para a areia, a sombra do guarda-sol tinha se deslocado e agora caía sobre um casal que estava a dois metros de distância.

— Desculpe, mas a sombra é do nosso guarda-sol — explicou minha mãe.
— Pode ser — disse o homem. — Mas esse espaço também é nosso. Estamos aqui desde cedo.

— Pois sim, mas nós alugamos o guarda-sol para ter sombra — insistiu minha mãe. — Se a sombra está aí, é porque o guarda-sol está aqui. Ou não?
— Não me diga — respondeu o homem. — Mas você alugou o guarda-sol, não a sombra nem o terreno em volta dele, certo?
— E para que eu quero o guarda-sol sem sombra? — irritou-se minha mãe.

O meu pai entrou em ação, num esforço pedagógico:

Vejam a minha sombra. Eu estou aqui e ela está ali na frente. Mas continua sendo minha, não é?

Sim, sim, é todinha sua. Mas se a sua sombra vier para cá, eu tenho que me levantar e ir embora? É isso que você está querendo dizer?

Meu pai, furioso, tentou arrancar o guarda-sol, enquanto dizia:

Mas só conseguiu descarregar a raiva e torcer o pulso.

Chamaram o salva-vidas, e ele veio. Mas, naquele momento, a sombra já estava sobre uma mulher, mais adiante. Por sorte, ela estava tomando sol e a sombra a incomodava. Então, ela mudou de lugar.
Assim, conseguimos recuperar nossa sombra, mas era pequena para todos, e eu fui procurar a sombra das pedras, longe da confusão. Aquela discussão me envergonhou.

Essas diversões, como idas à praia, quase sempre são fonte de problemas, confusão e, sobretudo, de um cansaço infernal. E onde está, afinal, a diversão? Ficamos entretidos, lutando por espaço ou tentando sobreviver. Mas diversão que é bom...

No caminho para as pedras, encontrei o professor de Matemática. Nem o reconheci, porque nunca o tinha visto quase nu, com uma barriga grande e oleosa se aproximando de mim. Parecia outra pessoa. E era. Esse aí nunca conseguiria nos ensinar equações, ninguém o levaria a sério.

Me despedi do professor e dei meia-volta, para evitar encontrar mais alguém conhecido em roupas de banho.

Foi então que eu a vi. A Inês estava ali, mais adiante, perto de uma pedra. À sombra, lendo. Estava de biquíni, mas, nesse caso, eu não me importei.

Deitei na areia, atrás de uma barraca, para ela não me ver, com o coração disparado.
Ela era um cisne num lago de patos. E eu era apenas um desses patinhos feios.

Depois de 10 minutos, nada aconteceu. Ela lia e eu a observava. Será que estava sozinha? Se eu não tivesse vergonha das minhas pernas finas, poderia aparecer e dizer "oi". Talvez eu me vestisse primeiro e dissesse que estava de passagem, indo pra casa. É isso. Ia fazer isso.

Estão empolgados? Não vale a pena. Nem terminei o pensamento e ele apareceu: um cara bonito, pingando água, saindo do mar com uma prancha de surf. Ele estava com ela. No meu lugar, claro. Mas dava pra ver que tinha uns cinco anos a mais do que eu. Sortudo. Nasceu na época certa e encontrou a garota certa.

Ele a puxou e ela largou o livro. Foram tomar banho juntos, de mãos dadas.

Eu também tomei um banho, mas de realidade. Doeu. Foi como se alguém tivesse fechado uma porta na minha cara. Fiquei ali, paralisado, destroçado, angustiado.

Eu queria desaparecer, sumir, ser apagado como um desenho no papel com uma borracha.
Só muito depois consegui me arrastar de volta, para junto dos meus pais.

– O que foi? – perguntou minha mãe.
– Nada, tudo bem – respondi.
Mas meu dia de praia tinha acabado – e minha pobre vida também.

Fred e Inês. Era uma vez... Esta é só uma das muitas histórias de Fred e Inês. Tenho um caderno cheio delas, e todas acabam bem (algumas muitíssimo bem). Menos essa, que foi a que realmente aconteceu, e alguém, que não eu, estava escrevendo.

Desmoronei, e desde então nunca mais fui o mesmo.

O Fred? O Estranhão? Não está mais por aqui, não. Durante um tempo, eu não saía do quarto e não queria ver ninguém. Até me incomodava saber que vivia cercado de pessoas. E na escola, nem se fala. De que me servia, eu, Fred, viver agora? Só daqui a cinco anos, se tudo desse certo.

"A vida continua", as pessoas dizem. "E a vida é aqui? Não me parece", retrucava eu. Já deu para perceber onde cheguei. Mas a vida realmente continuava, e esse era o problema. Ela deveria parar quando algum passageiro está mal e, como eu, prefere não viver, não ser, não estar. Depois, quando estivéssemos melhores, pegávamos a vida de novo. Não seria bom?

O problema é que sabia que essa situação era um sinal. O mapa do meu futuro estava traçado. Era certo que eu passaria a vida me apaixonando por garotas e mulheres mais velhas, mais altas, mais interessantes, mais ricas, mais inteligentes, mais bonitas. E como eram sempre MAIS alguma coisa, isso queria dizer que eu conseguiria tudo, MENOS isso.

E acabaria vivendo sozinho em uma mansão isolada no meio de um penhasco inacessível. Também eu estava condenado a cem anos de solidão.

Agora, me deem licença que eu vou dormir. Me acordem quando isso acabar.

FIM

Pensou que minhas aventuras acabaram aqui? Pensou errado! Aguarde os próximos títulos da coleção!

Copyright © 2025 Editora Globo S.A. para a presente edição
Copyright do texto © 2025 Álvaro Magalhães e Porto Editora S.A.

Todos os direitos reservados. Nenhuma parte desta edição pode ser utilizada ou reproduzida — em qualquer meio ou forma, seja mecânico ou eletrônico, fotocópia, gravação etc. — nem apropriada ou estocada em sistema de banco de dados sem a expressa autorização da editora.

Texto fixado conforme as regras do novo Acordo Ortográfico da Língua Portuguesa (Decreto Legislativo no 54, de 1995).

Editora responsável: Jaciara Lima
Preparação: Marcelo Vieira
Revisão: Marcela Isensee
Ilustração: Carlos J. Campos
Diagramação: Ilustrarte Design
Adaptação de capa: Carolinne de Oliveira

CIP-BRASIL. CATALOGAÇÃO NA PUBLICAÇÃO
SINDICATO NACIONAL DOS EDITORES DE LIVROS, RJ

M164e

Magalhães, Álvaro, 1951-
O estranhão 2 : me acordem quando isso acabar / Álvaro Magalhães; ilustração Carlos J. Campos. - 1. ed. - Rio de Janeiro : Globo Clube, 2025.
192 p. : il. ; 21 cm. (O estranhão ; 2)

ISBN 978-65-85208-38-3

1. Ficção. 2. Literatura infantojuvenil portuguesa.
I. Campos, Carlos J. II. Título. III. Série.

25-96104
CDD: 808.899282
CDU: 82-93(469)

Gabriela Faray Ferreira Lopes - Bibliotecária - CRB-7/6643

1ª edição, 2025

Direitos exclusivos de edição em língua portuguesa, para o Brasil adquiridos por
Editora Globo S.A.
Rua Marquês de Pombal, 25 — 20230–240
Rio de Janeiro — RJ
www.globolivros.com.br

Este livro foi composto na fonte Tekton Pro e
impresso em papel pólen natural $80g/m^2$, na gráfica Santa Marta.
São Bernardo do Campo, Brasil, maio de 2025.